AF215006

Subramaniya Suresh

Der Hund in mir

und andere wahre Geschichten aus Indien

Ludwigsburg, März 2017

© Subramaniya Suresh
Kontakt: www.sure.sh
Erstausgabe 2017

Bedanken möchte ich mich bei:
Andrea Haga, die als Lektorin für das Buch tätig war.

Dietlinde Hachmann, die den Umschlag gestaltet sowie weitere wertvolle Anregungen gegeben hat, ebenso wie Regina Boger und Rita Pfeiffer.

Mein ganz besonderer Dank geht an meine Töchter, Sandra, Indira und Ramona Suresh für ihre Unterstützung, Ausdauer und Geduld mit mir.

Foto: Vijayan Thondaman

© www.tezere.de
Teezeremonien der Völker
Interkultureller Literatur Blog

Herstellung und Verlag:
BoD – Books on Demand, Norderstedt

ISBN: 13: 978-3-74-482061-5

Inhalt

Meine Muttersprache ist Tamil, eine südindische Sprache, von der Volksgruppe der Draviden gesprochen. Sie ist die älteste lebendige Sprache der Welt. Meine Vatersprache ist Malayalam, eine Mischung aus Tamil und Sanskrit. Sanskrit wird, ähnlich wie Latein, vor allem von Akademikern und im Bereich der Religion verwendet. Weitere südindische Sprachen, wie Kannaries und Telugu, sind ebenso aus dem Tamilischen entstanden. Allerdings werden in diesen Sprachen neben einem unterschiedlichen Wortschatz auch andere Betonungen benutzt.

Malayalam ist meiner Ansicht nach die schönste Sprache, weil sie nasal klingt, ein reiches Vokabular hat und man sich sehr präzise ausdrücken kann.

മലയാളം Malayalam

தமிழ் Tamil

Thiruvananthapuram തിരുവനന്തപുരം

Thiruvanantha-puram ist die Hauptstadt Keralas, dem bekanntesten Bundesstaat an der Südwestküste Indiens. Bis auf eine kleine Minderheit von 1,3% der Bevölkerung können alle in ihrer Muttersprache MalaYalaM lesen und schreiben. Bewusst habe ich die Buchstaben M und Y groß geschrieben, um zu zeigen, dass man dieses Wort von vorwärts und rückwärts richtig schreiben und lesen kann. Solche Wörter nennt man Palindrom.

(zum Beispiel *Lagerregal* oder *Ein Esel lese nie*).

In der Schule, lange ist es her, hatte uns unsere englische Lehrerin als Hausaufgabe aufgetragen, ein Satzpalindrom zu finden. Als ich meinen Vater um Hilfe bat, kam spontan die Antwort *ABLE WAS I ERE I SAW ELBA*.

Mein Vater stellte mir nun die Frage, was dieser Satz bedeutet und wer ihn gesagt haben könnte. Nach meinem Stillschweigen und nichtssagendem Blick klärte er mich auf: Angeblich

7

habe der patriotische Franzose Napoleon diesen Satz nach seiner Niederlage auf Elba gesagt!

Heute nach einem halben Jahrhundert möchte ich wissen, ob ich jetzt die Hausaufgabe von damals bewältigen kann und fordere mich auf, einen Palindrom-Satz zu bilden. Nachdem es mir weder in der deutschen noch in der englischen Sprache gelingt, versuche ich, es in meiner Muttersprache zu kreieren und nach einer Weile scheitere ich auch damit kläglich.

Nun muss ein Gedicht her als Ausgleich, sage ich streng zu mir und mache mich ans Werk. Da erinnere ich mich an das Gespräch mit dem Verkäufer in einem Souvenirladen. Dieser hatte exklusive Sachen in ausgezeichneter Qualität.

Ein handgemaltes Bild auf handgeschöpftem Papier, Armreifen in feinster Handarbeit, Ketten und Ohrringe aus Kokosnussschalen, Halsketten nach dem Design aus der Travancore-Dynastie usw. Alles sehr schön und sehr teuer.

Ein Kosmetikspiegel mit bronzenem Rahmen fesselte meine Aufmerksamkeit. Er war sehr schön verarbeitet und ich wollte ihn in die Hand nehmen, der Verkäufer war jedoch schneller und putzte die Griffe sorgfältig mit einem weichen Tuch aus Baumwolle.

Ich dachte, er würde ihn mir gleich überreichen, aber nein, er hielt ihn vor mein Gesicht und der Spiegel zeigte mein Gesicht sehr deutlich, die Reflektion aber gedämpft, als ob es die Lichtquelle einer Öllampe wäre. Es war sonderbar, aber es zeigte ein klares Bild. Der Verkäufer sagte mir ehrfürchtig: „It is made of Metal, Sir."

Auf meinen fragenden Blick hin ergänzte er: „Nur einige Familien in Kerala können diese Art von Spiegel aus Metall herstellen." Damals waren Spiegel aus Glas noch nicht erfunden worden.

Der Verkäufer erwartete ein anerkennendes Zeichen von mir, aber ich streckte meine Hand aus und vorsichtig übergab er mir den Metallspiegel. Ich schaute in den Spiegel und bekam einen Schreck. Plötzlich fallen mir dazu passende Worte für mein Gedicht ein:

Spieglein, Spieglein in der Hand

Wer ist es, der mich anblickt unverwandt?

Was hat er da an seinem Gesicht,
schwarzer Streifen über den Lippen   ,
ich kenne ihn nicht.

Doch, oh Schreck, der bin ich   ,
in eig'ner Gestalt,
bin ich denn wirklich so fett und alt?

Das ist ein Irrtum, ich fall' nicht drauf rein,
ich mag 35 oder 53, aber älter nicht sein.

Der magische Spiegel zeigt
mein entsetztes Gesicht,
und sagt mir die Wahrheit,
doch sie gefällt mir nicht.

Drum in den Spiegel von damals, liebe Leut',
schaut nicht hinein, da ihr es sonst bereut,
denn eines ist jetzt sonnenklar,
dass dieser Spiegel verzaubert war.

Das Schweben auf der Tonleiter und der Hund in mir

Das ist weder Verwirrung noch Überforderung, sondern eine Überflutung von Gefühlen, Impressionen, Eindrücken und Emotionen. Dennoch bin ich ruhig, beobachte das Geschehen um mich herum, habe das Gefühl, dass ich neben mir stehe und sehe mich, wie ich regungslos dasitze. Nein, verrückt bin ich nicht, nur vielleicht etwas daneben gerückt.

Inmitten einer fröhlichen, lustigen Gesellschaft von Menschen aus vier Kontinenten sitze ich also und bewundere die Natur. Wir befinden uns auf einer Dachterrasse des Double Dutch Ressorts in Dindigul in Südindien an einem langen Tisch. Zwölf Personen zu meiner rechten und dreizehn zu meiner linken Seite. Es ist warm und eine leichte Brise stimmt uns gesellig. Es werden diverse Köstlichkeiten aufgetischt, exotische Früchte und gebackenes, gekochtes, Gemüse in verschiedenen Appetit anregenden Farben, all' das macht uns hungrig.

Wir können von der Dachterrasse aus einen See erblicken, der die umliegenden Berge in seinem Spiegelbild auf den Kopf stellt. Der Sonnenuntergang war erst vor einer halben Stunde, aber die Dunkelheit schreitet rasant voran. Ich sehe eine Pfauenfamilie, voran die Pfauenmutter, die Küken rennen hinterher. Der Vaterpfau sitzt auf einem Ast und klagt über irgendetwas. Die Pfauenmutter scheint es gar nicht wahrzunehmen, sie ist damit beschäftigt, ihre Küken ins Nest zu bringen.

Der Pfau fliegt von seinem Ast zu einem höheren Ast auf dem Baum nebenan. Ich kann mich nicht entsinnen, einen ähnlichen Pfauenflug jemals beobachtet zu haben. Es erinnert mich an Raumschiff Enterprise aus meinen Jugendtagen. Einige von unserer Gesellschaft haben ebenfalls das elegante Gleiten des Nationalvogels Indiens bewundert und kommentieren es entsprechend. Ich nehme ihre   Bemerkungen nur am Rande wahr.

Plötzlich springt eine riesige Katze mit wuscheligem Pelzschwanz, nicht weit entfernt von uns, von Baum zu Baum. Sie ist weißgrau gestreift und hat ein schmales Gesicht. Einige von uns stehen auf, um das sonderbare Tier näher anzuschauen. Mit lautem Ton warnt uns der Resortleiter, nicht in die Nähe zu gehen, weil das

Streifenhörnchen beißen würde. Sagte er Eichhörnchen, fragen sich einige und wundern sich über die Größe des Tieres. Nur in dieser Gegend gibt es solche Tiere, klärt uns der Resortleiter aus den Niederlanden auf, der sich in Indien niedergelassen hat.

Die freundlichen Bediensteten flüstern einem jungen Paar aus Australien irgendetwas ins Ohr. Aufgeregt stehen beide auf, der junge Mann schnappt sich seine Kamera und rennt die Treppe hinunter in Richtung Garten. Die anderen werden neugierig, stehen ebenfalls auf und laufen zum Geländer, um zu sehen, welch ein Schauspiel sich einem da offenbart. Auch ich bin von der Neugier gepackt, erhebe mich und schließe mich den anderen an, um zu erfahren, dass ein Paradiesvögelchen dem Garten einen Besuch abstattet. Auf Bildern habe ich sie schon öfters gesehen, aber nie in der freien Natur.

Mehrere der Anwesenden schreien voller Freude, dass sie es sehen können, nur meinem Blick bleibt es noch verborgen. Ich schaue in die Richtung, wohin alle Leute auch schauen und schließlich sehe ich ihn in voller Pracht, aber er ist so klein und zierlich. In rosa-gelber Farbe schwingt er seine Federn und springt fröhlich von Ast zu Ast. Oh, Göttin der Natur, ich danke dir für deine unbeschreiblich schöne Kunst und freue mich, dass ich so etwas erleben darf.

Wir kehren alle zurück zu unseren Plätzen und die freundlichen Gastgeber mit ihren fleißigen, immer lächelnden Mitarbeitern, bedienen uns mit köstlichen kulinarischen Leckereien, so dass man sich fühlt, als ob man träumt. Das Essen war phantastisch und äußerst schmackhaft.

Eigentlich bin ich gesättigt, dennoch lehne ich das Dessert nicht ab, sondern lasse es auf meine Zunge zergehen. Da beginnt die freundliche Dame mir gegenüber, eine Geschichte aus ihrer Jugend zu erzählen.

Ihr rotes Gesicht mit ernster Miene lässt sie wesentlich jünger wirken, als sie es ist. Ich sehe, wie sich ihre schmalen roten Lippen bewegen, wie ihre Augen blitzen und ihre rosaroten Wangen im Takt zu ihren Lippen und Augen schwingen.

14

Der Inhalt ist fesselnd, macht mich nachdenklich, ihre Art zu erzählen, fasziniert mich. Die Mimik und die Gestik nehmen mich mit auf ihrer Reise in die Vergangenheit. Ihre Erzählung voller Dramatik und Gefühle lässt mich ihr Leiden spüren. Hin und wieder unterbreche ich meinen Essensvorgang, um intensiv und aufmerksam zuzuhören.

Irgendetwas an meinem rechten Fuß lenkt meine Aufmerksamkeit ab. Ich schaue unter den Tisch und entdecke einen beigefarbenen Hund. Urplötzlich ist durch ihn meine ganze Konzentration beansprucht. Wird er mich beißen, wenn ich meinen Fuß von ihm wegziehe oder laut bellen?

Bloß das nicht, die Leute sollen nichts über meine Angst vor Hunden erfahren. Außerdem ist es doch eigentlich ewig lang her, als ein Hund mich biss und ich mit niemandem darüber reden konnte. Dennoch kann ich nicht verhindern, dass sich das Trauma, das ich vor Jahrzehnten mit einem Hund erlebte, äußerst heftig in meinem Inneren ausbreitet.

In Gedanken durchlebe ich nochmals das erschreckende Erlebnis mit dem Hund in mir…

Es geschah während meiner Schulzeit, ich kannte Schleichwege und Abkürzungen, die sonst niemand kannte, so konnte ich schneller am Ziel sein, besonders wenn ich spät dran war. Meine Familie hat mich gewarnt und das nicht nur einmal, ich solle nicht über die Mauer klettern und über das Grundstück der Nachbarn laufen, um meinen Weg abzukürzen. Von dem blöden Hund hatten sie mir nichts erzählt.

Eines Tages kam er aus heiterem Himmel, bellend, wütend, kämpferisch. Dieser kleine Hund sollte vor mir Angst haben, sagte ich mir, vor allem sagt man ja auch, dass bellende Hunde nicht beißen. Dieser Beller wusste davon bestimmt nichts und biss mich ins Bein. Wütend holte ich ein paar Steine und warf nach ihm. Er lief weg und unterhalb meiner kurzen Hose sah ich eine kleine Bisswunde. Es tat auch nicht sehr weh.

Ich erinnerte mich, wie ein Klassenkamerad von mir, auf einen Kaktus am Straßenrand zeigend, sagte:

>>Wenn du das dicke grüne Blatt abreißt, dann fließt eine milchige Flüssigkeit heraus und sie hat heilende Wirkung auf Stichwunden. <<

Vielleicht wirkt es auch auf Hundebisse, dachte ich und schmierte die milchige Flüssigkeit auf die Wunde. Am Abend schwoll die Wunde an und es tat weh, aber ich sagte niemandem etwas. Am nächsten Tag dachte ich, auch wenn ich Fieber habe, laufen kann ich ja, also kann es nichts Schlimmes sein. Aber das Fahrradfahren fiel mir schwer.

Am dritten Tag berichtete ich meinem Beraterfreund von dem Vorfall und dass das milchige Heilmittel nicht sehr wirke. Was er daraufhin antwortete, ließ Alarmglocken in meinem Kopf schrillen.

>>Was macht der Hund? << wollte er wissen.
>>Wenn er krank und womöglich gestorben ist von dem Gift deines Blutes, dann wird die Seele vom Hund auf dich übertragen.<<

>>Du wirst es merken, wenn Du den Drang verspürst, zu bellen <<, ergänzte er.

>>Wie bitte, ich werde ein Hund? <<, fragte ich entsetzt.

>>Nein, Du wirst ein Mensch und ein Hund in einer Person <<, antwortete er ungeduldig.

An den darauffolgenden Tagen beobachtete ich mich intensiv im Spiegel und achtete auf jedes Geräusch, das ich von mir gab. Nach einer Woche sah ich den kleinen Hund wieder, kunterbunter bellend und wachend über seinen Hof.

Aber vor Hunden habe ich noch heute Angst oder sagen wir mal, Bedenken. Streicheln tue ich sie sowieso nicht. Die Hunde können ja Flöhe haben, nicht wahr?

Der Hund an meinem rechten Fuß bewegt sich und ich bin nicht mehr im direkten körperlichen Kontakt mit ihm. Die schöne kühle Brise von den Bergen nebenan beruhigt mich.

Genau in diesem Moment kommt ein junger Hund in Begleitung einer Familie und es beginnt eine Tortur in Form von lautem Bellen und Heulen zweier Hunde, die jeweils ihre Herrschaften beschützen wollen. Ein dritter schwarzer Hund des Resorts gesellt sich dazu und unerträglicher Lärm breitet sich aus.

Ich bin wie gelähmt, bis sich die Hunde nach und nach beruhigen und eine gewisse Ruhe einkehrt. Als wieder Friede herrscht, kommt mein Hund zu mir zurück und macht es sich an meinem Fuß gemütlich.

Als meine Gedanken wieder in die Wirklichkeit zurückgekehrt sind, fällt mir auf, dass meine Erzählerin mein Unwohlsein bemerkt hat. Ich versuche mit allen Mitteln, meine Verwirrung zu unterdrücken. Meine Konzentration ist am Nullpunkt angelangt, meine Ohren können die Worte nicht mehr sinngemäß interpretieren.

Die Dame zeigt sich irritiert und sie denkt sicher, dass ich kein Interesse mehr an ihrer Erzählung finde. Sie hört auf zu erzählen und wirkt verärgert über meine veränderte Haltung. Ich entschuldige mich für meine Unaufmerksamkeit und offenbare ihr mein Hundetrauma.

Ihr Blick ist abgewandt von mir und sie wirkt nachdenklich. Nach einem Weilchen bietet sie mir eine Klangbehandlung an, um mein Unwohlsein zu kurieren. Ich willige gern und sofort ein. Wir vereinbaren, uns in einer Viertelstunde auf der großen Veranda des Hauses, wo alle Gäste sich treffen und unterhalten, wieder zusammenzufinden.

Sie geht in ihr Häuschen, um ihr Klanginstrument zu holen und ich gehe gleich zur Veranda. Dort treffe ich eine indische Familie. Der Vater ist dabei, mit seinem Sohn intensiv am Laptop etwas zu lesen oder zu beobachten. Beim genaueren Hinsehen erkenne ich, dass der Sohn eine Art Helm auf seinen Kopf gesetzt hat und der Vater auf der Tastatur klimpert. Neugierig, wie ich halt bin, möchte ich Näheres über dieses Computerspiel wissen.

Der Vater erklärt mir, dass es sich um einen ‚Brain to Computer Interface‘ handelt und der Sohn versuche, die Grafiken auf dem Bildschirm nur durch seine Gedanken zu steuern. Als Techniker von Beruf bin ich sofort dabei, alles dar-über zu erfahren und löchere die beiden mit Fra-gen über Fragen.

Auch meine Klangbehandlerin, die inzwi-schen mit ihrem Instrument zu uns gekommen ist, lauscht aufmerksam den Ausführungen der Vater-Sohn-Gehirnforscher. Sie informiert die beiden über die Klangbehandlung, die sie mit mir durchführen will und fragt, ob sie meine Gehirnwellen damit messen können.

Der väterliche Hobbyforscher wirkt nicht sonderlich beeindruckt von dem Saiteninstru-ment, das sie mir auf meinen Körper stellen und dabei musizieren will. Er scheint von der Wir-kung des Musikinstrumentes, das Body Tambu-ra* heißt, nicht überzeugt zu sein. Um der Dame einen Gefallen zu tun, beauftragt er seinen Sohn, den Gehirnwellenmesser auf meinen Kopf zu setzen.

Nachdem er alle notwendigen Signale auf dem Monitor seines Laptops sieht, nickt er der Dame zu, um das Experiment zu starten. Die Dame setzt ihr Instrument auf mich und sagt, dass ich meine Augen schließen und mich auf die Musik konzentrieren soll. Ich willige ein und schließe meine Augen. Bereits nach einer Minute, oder waren es mehrere, höre ich die Töne und spüre sie auf meinem Körper.

Es ist angenehm, in Gedanken sehe ich gelbe und rotgelbgoldene Tonsaiten, wie man sie im Inneren eines Klaviers sieht. Es ist ein Gefühl in mir, als ob ich auf den Tönen reite. Es ist angenehm, schön und irgendwie auch lustig. Ich verliere das Zeitgefühl. Irgendwann höre ich, wie die Töne in der Geschwindigkeit langsam werden, um dann ganz aufzuhören.

Ich soll meine Augen öffnen, höre ich. Die Dame will wissen, wie es mir geht, aber ich höre, wie der Vater-Forscher voller Euphorie der Dame erzählt, dass er in seiner gesamten Hobby-Forschung so etwas noch nicht gesehen hat.

Das Maximale, was er bisher sah, berichtet er, sei nur 25 Einheiten gewesen, ich aber hätte 50 erreicht, das sei ein Erfolg. Die Klangbehandlung habe meine Gehirnwellen positiv beeinflusst.

Die Klangbehandlerin ist erfreut, dass es mir gut geht und lächelt zufrieden. Ich selbst verstehe zwar von alldem nichts, fühle mich jedoch sehr wohl, wie auf Tonwolken schwebend.

*Hier finden Sie weitere Infos zu Body Tambura. Treating palliative care patients with pain with the body tambura

https://goo.gl/bPhYIm

Enttraumatiesierende Klänge

Ein unangenehmes, nicht näher definierbares Geräusch, weckt mich unsanft aus meinem Schlaf. Zunächst muss ich mich orientieren, wo ich eigentlich bin? Die Schlafzimmermöbel sind altenglisch und das Bett ist groß, die Aussicht aus dem Fenster ist wie bei einem van Gogh.

Aus dem Schlafzimmerfenster sehe ich einen Fußweg, umzäunt von tropischen Pflanzen und außen am Fenster einen riesigen Stein, der aussieht wie ein Bärenkopf. Es scheint, als ob das Häuschen um diesen Stein herum gebaut worden ist.

Habe ich geträumt? Dann war es ein schöner Traum, wenn nicht, umso besser. Ich höre irgendeinen Gockel, der seinen Harem zu sich ruft. Wie jeden Morgen setze ich mich auf die Bettkante, berühre den Boden mit dem rechten Fuß zuerst und dann mit dem linken. Ich reibe mein Gesicht mit beiden Händen, um die Gesichtsmuskulatur wachzurütteln.

Warum meine Leute es so machen und ich ebenfalls, kann ich nicht erklären, aber wenn ich fragen würde, bekäme ich garantiert eine Antwort mit spirituellem Hintergrund und eine passende, die es auf wissenschaftlicher Basis erklärt.

Ich bin also noch in diesem schönen Resort, umgeben von Bergen. Nach dem Morgenritual im Bad vollziehe ich meine täglichen Yogaübungen, dieses Mal jedoch hastig, um gleich danach zum See zu laufen. Die nordindische Kurtha, die ich anziehe, ist für milde Temperaturen gedacht und wird mich bis Mittag voll erhitzen, aber für den Morgenspaziergang geht's noch.

Auf der Veranda sehe ich niemanden, nur den ‚Beigeweißen', das ist der Name, den der Hund von gestern von mir erhielt. Als er mich sieht, steht er langsam auf und folgt mir in gewissem Abstand in Richtung See.

Von weitem sehe ich die Dame am See stehen, die mir gestern ihre Klangbehandlung vorstellte. Nach der freudigen Begrüßung fragt sie mich, ob der Hund mit mir gekommen ist. Ich nicke und schaue, wie er sich gelangweilt ausruht und dabei seinen Kopf zwischen seine Beine gelegt hat.

>>Wir sind früh dran und Frühstück gibt es erst in einer Stunde<<, sage ich. Sie nickt und läuft am See entlang. Ich folge ihr und höre ihre bewundernden Rufe über die Natur. Besonders die Vögel gefallen ihr. Irgendwann beginnt sie, die Fortsetzung der gestrigen Geschichte zu erzählen.

Wir setzen uns ans Ufer und schauen die Krabbeltiere an, wie sie mit ihren acht Beinen auf der Wasseroberfläche flink hin und her laufen. Als ich mich umdrehe, entdecke ich, dass der Hund neben mir sitzt und sich langweilt. Ein Schafhirte läuft an uns vorbei. Unser Hund wird sofort wach und fängt an zu bellen. Er will uns also beschützen und ist auf unserer Seite. Ich streichle ihm sanft seinen Rücken und er legt sich wieder hin.

>>Sie haben ihn berührt<<, sagt die Dame erstaunt. >>Gestern waren Sie noch traumatisiert von dem Erlebnis mit einem Hund in der Kindheit und heute?<<

Ich bin selbst erstaunt, denn ich habe in dem Hund einen Freund gesehen. >>Er ist unser Freund<<, sage ich lapidar.

Hat etwa die gestrige Klangbehandlung der Dame mit ihrem Body Tambura mich von meinem Hundetrauma befreit bzw. geheilt? Ich schaue erneut nach dem Hund, sein *Egalblick* bringt mich zum Schmunzeln.

Ich berühre sanft die Hand der Dame und sage leise: „Danke". Sie schaut mich lächelnd an und widmet ihre Blicke den Bergen um uns herum.

Only for Hindus! Foreigners not allowed!

Als ich vor dem berühmten Hindutempel in Thiruvananthapuram stehe, kommen mir Erinnerungen ins Gedächtnis auf das Erlebnis, das ich mit meiner Tochter vor circa zwei Jahren dort hatte.

Viele reisen tausende Meilen, um einmal diesen Tempel zu besuchen, um nicht nur Gottesdienste zu erleben und Segen zu empfangen, sondern auch wegen der schönen Architektur und der Skulpturen. Als ich mit meiner Tochter in Südindien Urlaub machte, wollte ich ihr diesen schönen Tempel zeigen.

Alle Männer müssen in den meisten Tempeln ihren Oberkörper freimachen und Frauen müssen hinduistisch gekleidet sein. Als diese Bedingungen erfüllt waren, ging ich mit meiner Tochter zum Tempeleingang. Mit strengen Blicken schauten die Tempelwächter uns an. Viele von ihnen trugen Stöcke bei sich, bereit zum Schlagen, falls jemand die Bräuche des Tempels missachten sollte. Dazu gehört auch das Fotografieren, das nämlich strengstens verboten ist. Einmal, als ein Student mit einer Kamera in seinem

Kugelschreiber versteckt fotografierte, wurde er verprügelt und die Kamera beschlagnahmt.

Einer der Tempelwächter schaute meine Tochter genau an. Ich sagte ihm, dass sie meine leibliche Tochter und ihre Mutter eine Deutsche sei. Daraufhin stellte er an meine Tochter die Frage in Malayalam und dann in Hindi, ob sie eine Hindu sei. Als ich seine Fragen meiner Tochter übersetzte, sagte sie dem Tempelwächter, dass sie wie ihr Vater ein Hindu ist. Das ist nach Hindutradition auch richtig.

Da kam ein anderer Tempelwächter und meinte, dass meine Tochter viel zu hell ist im Vergleich zu mir, er könne sich nicht vorstellen, dass sie eine Hindu ist und verweigerte den Zutritt in den Tempel. Der eine Tempelwächter schlug mir vor, den Tempelvorsteher anzusprechen. Es war nicht so einfach, ihn zu finden und als uns das schließlich geglückt war, sagte er, ohne sich über unser Anliegen zu informieren:

>>Foreigners and Non Hindus Not allowed.<< Damit sind hellhäutige Europäer und Nicht-Hindus gemeint.

Er wollte meine Argumente gar nicht hören, sondern verwies auf Sankaracharya, einen der hohen Hindupriester Indiens und sagte weiter, wenn meine Tochter eine Bescheinigung vom

Sankaracharya bringen würde, dann dürfe sie rein. Ich jedoch könne den Tempel ohne Wenn und Aber betreten. Ich verzichtete jedoch darauf und verließ den Tempelbereich voller Enttäuschung und mit Wut im Bauch.

Nun, das war vor zwei Jahren, meine Wut ist nicht mehr so stark, aber die Enttäuschung steckt tief und es schmerzt immer noch. Der Eingangsbereich ist dieses Mal streng überwacht mit Militär und Polizei. Die Straße zum Tempel ist voller Barrikaden und großen Absperrungen, so dass kein Fahrzeug mehr durchfahren kann. Vor knapp zwei Jahren wurden nämlich enorme Goldschätze in einem der Kellerräume des Tempels entdeckt und man vermutet noch mehr Schätze drin. Daher dieses große Aufgebot an Sicherheitspersonal.

Nachdenklich, vorwurfsvoll und mit Argwohn schaue ich den Tempelturm an, denn die Tempelbehörden hätten damals Rücksicht auf die Gefühle der Menschen nehmen können, insbesondere auf die meiner Tochter.

Als ich so selbstvergessen da stehe und zum Tempelturm hinstarre, erscheint etwas Helles aus heiterem Himmel, das ich nicht erwartet habe. Dieses starke Licht kommt aus den Fenstern des Tempelturms und ich erkenne, dass es das Sonnenlicht der untergehenden Sonne ist. Das mag für jeden anderen selbstverständlich und nicht außergewöhnlich sein, aber dieses wunderbar funkelnde Licht, genau zu diesem Zeitpunkt und genau dort, wo ich stehe, empfinde ich als ein göttliches Zeichen.

Ich hole meine Kamera hastig aus meinem Rucksack und knipse einfach drauf los. Meine schnelle Kameraaktion beobachten auch andere und es wird noch ein Smartphone herausgeholt.

Es ist seltsam, aber ich bin nicht mehr wütend und ich verspüre ein leises Lächeln auf meinem Gesicht. Auf dieses Naturgeschenk war ich nicht vorbereitet, es ist wie eine Antwort oder Offenbarung, fast wie ein Zeichen der inneren Versöhnung und ich bin entzückt vor Freude.

கோவில் குளம் எண்ணை விளக்கு

Handwerker in Indien

eine herausfordernde Erfahrung…

Vieles geht mir durch den Kopf, vor allem aber die letzten Sachen, die noch erledigt werden sollen, bevor ich nach Deutschland zurückfliege. Aber ich bin zufrieden, die meisten Arbeiten oder Projekte, mein Haus betreffend, insbesondere die Instandhaltung, sind erledigt. Ich hatte Glück mit manchen Handwerkern, bei manchen ,kämpfe' ich noch, aber freundlichst.

Diese Handwerker-Gesellen behaupten doch seelenruhig, dass sie mir die besten Arbeiten abliefern und ich solle bitte dankbar sein! Vor allem sind sie überzeugt von dem, was sie da behaupten. Manchmal denke ich, dass sie sich wirklich Mühe geben, auch deshalb, weil ich ein paar Rupien mehr als üblich gebe und sie sehr gut behandele. Sogar Chai koche ich für sie, was sie sehr sonderbar finden, denn dass der Boss ihnen etwas bringt, anstatt sie anzubrüllen und zur Arbeit zu zwingen, ist ungewöhnlich.

Interessant ist, was ich da so mit den Handwerkern erlebe. Die Holztür zum Bad zum Beispiel war völlig in Ordnung, bis die Carpenter (Schreiner) kamen. Die kommen meist zu zweit und auch den Handlanger muss ich bezahlen!

Der Painter (Maler) Kumar mag Kattu Kappi, also schwarzen Kaffee. Ich sage ihm, dass ich keinen Kaffee mehr habe. Meine Freunde, die neulich bei mir übernachteten, tranken Kaffee wie Bier und nun habe ich keinen mehr, dafür habe ich Bier in 1,5 Liter Flaschen.

Kaffee trinke er seit langem nicht mehr, aber Kattu Kappi, sagt er zu mir. Also frage ich ihn, was denn Kattu Kappi sei. Er schaut mich ungläubig an und sagt: >>Schwarzer Tee ohne Milch und Zucker. <<

Ja, nun weiß ich es auch. Sein Kumpan, wie er heißt, habe ich vergessen, redet nicht viel und murmelt irgendetwas, wenn man ihn fragt, aber beide sind tüchtige und erfahrene Maler, da kann man nichts sagen. Dieser will Zucker, nicht nur einen Löffel, sondern drei und die indischen Löffel kennen keine DIN-Norm, sie sind so zwischen Tee- und Esslöffel groß.

Die Carpenter-Gesellen schütteln den Kopf, also wollen sie Chai haben, aber als ich sie weiter frage, wieviel Löffel Zucker sie haben möchten, sagen sie nein, sie wollen keinen Chai. Es war also ein Missverständnis.

Der Carpenter soll lediglich ein Kleiderregal im Schlafzimmer einbauen. Ich habe mehrere solcher Regale in Deutschland gebaut und würde mich als Experte für Regalbauer bezeichnen. Es ist so einfach, man gehe in den Baumarkt, Gang sieben, rechts oben sind die Pressspanplatten. Zweimal rechts gibt's Schrauben, Dübel und so Zeug. Man schneide sie mit der Kreis- oder Stichsäge, dann zimmert man sie zusammen. Das war's.

Die Planung und das Einkaufen sind eine der schönsten Entspannungstätigkeiten eines Mannes. Wir Männer wissen, dass die Frauen es nicht verstehen und nicht zu schätzen wissen. So wollte es der Gott halt und er versteht uns Männer. Es gibt Ausnahmen, meine Damen, ja, ich kenne eine, die blüht richtig auf, wenn sie Baumarktgeruch wahrnimmt. Denn sie wuchs mit ihrem Bruder auf. Die Hübsche zweifelt manchmal, ob sie wirklich der weiblichen Spezies angehört.

Mein Carpenter bringt also, ohne es mit mir abzusprechen, seinen Handlanger mit und ich darf ihn auch bezahlen. Also, es muss schnell gehen, schließlich sind die ja, im Gegensatz zu mir, nicht im Urlaub. Ich hätte das Regal an einem Tag fertiggestellt, aber die beiden Handwerker haben zwei volle Tage gebraucht. Zufrieden war ich trotzdem nicht, denn das obere Brett aus Plywood (Pressspannplatten) hatte einen Bauch bekommen. Wie sie das fertiggebracht haben, verstehe ich noch nicht. Aber als das Regal etwas zu breit war, klopften sie den Schrank so zurecht, dass die Tür zum Bad auch einen Bauch bekam! Nun kam der Maler und wollte die Badezimmertür zurechtrücken, dabei beschädigte er eine Fliese. Die Handwerker mussten wieder ran und als sie die bereits verrückte Tür nochmals zurechtrückten, fielen zwei Fliesen von der Wand, weil die Fliesenleger damals gepfuscht haben. Ein Drama!

Interessant ist, dass der Tischler-Geselle Renjith sagt, was für ein Glück es doch sei, dass die Fliesen auf seine Füße fielen und nicht auf die meinen, denn sie wären garantiert früher oder später auf meine Füße gefallen. Sollte ich doch dankbar sein, nicht wahr? Renjith wird bestimmt nicht nur ein Tischler, sondern auch ein Philosoph, später, irgendwann.

Painter Kumar, will zunächst klammheimlich die Sache mit der Fliese unter den Teppich kehren, aber ich habe keinen Teppich. Ich kann ihn nicht rügen, denn er ist ein guter Maler und ich brauche ihn für die kommenden Tage auch noch.

Whatever happens in life, just relax and try to manage with a smile.

Life is not a problem to solve, it's a gift to get experience.

Kamadhenu - die indische Eier legende Wollmilchsau !

<< Was du willst ist eine Eier legende Woll-milchsau >>, entgegnete ich meinem Freund, als er mich um einen Rat fragte. Er wollte all seine Daten im Internet, in der Cloud speichern, sie mit anderen teilen, bei Bedarf unterwegs auf jeg-lichen Druckern ausdrucken und diese Aufträge verbal erteilen. Das, was er sonst noch haben wollte, muss erst noch erfunden werden!

<< Wie bitte, was will ich? >>, fragte er, weil er von diesem Fabeltier noch nie gehört hatte. Nach meiner Beschreibung konnte er sich ein solches Tier vorstellen und musste lachen.

Auch in Indien haben sie ein Pendant mit dem Namen ‚Kamadhenu*, das man vor tausen-den Jahren erdacht von dem man sich etwas ge-wünscht hat. Das ist kein Tier, sondern ein freundliches, liebevolles und hübsches Wesen mit einem schönen weiblichen Oberkörper und dem Leib einer Kuh, außerdem hat es Flügel. Wenn du ihr begegnest, schenkt sie dir alles Gu-te, was du dir wünschst. Ist doch ein fabelhaftes Wesen, nicht wahr?

Die alten Inder aus der vedischen Zeit haben außerdem einen ‚Wünsch dir was Baum' erfun-den, genannt ‚Kalpaka Vruksha', der dir alles erfüllt, was du dir ausdenkst. Als Kind wünschte ich mir einen solchen Baum. Aber meine Leute warnten mich davor und erzählten mir folgende Geschichte:

Als die Menschen sich von diesem Baum allerlei Gutes und Böses wünschten und damit Unfug betrieben, nahm Indra, der Gottkönig des Paradieses, diesen Baum zu sich und behütete ihn in seinem Garten.

Eines Tages verirrte sich ein müder Wanderer ins Paradies und ruhte sich ausgerechnet unter diesem Baum für ein kleines Nickerchen aus. Er wusste nicht, dass er sich unter dem ‚Kalpaka Vruksha‘ befand. Als er sich auf das Gras, das sich sanft wie Seide anfühlte, niederlegte, wünschte er sich all das Gourmetessen, das er immer essen wollte und woops, alles wurde ihm aufgetischt. Auch einen doppelten Espresso und eine Eiscreme mit Honig und Datteln als Nachtisch standen da. Als er es genoss erkannte er, dass er sich unter dem ‚Wünsch dir was Baum‘ befand. Er dachte, es wären Geister am Werk und machte sich Sorgen, dass sie kommen würden. Und tatsächlich, die, welche er erdacht hatte, kamen. Er erschrak, schrie laut, erwachte zitternd aus seinem Traum und lief von dem Baum schnell weg. Aus sicherer Entfernung drehte er sich um und entdeckte, dass auf diesem Baum einige Affen saßen.

Der Wanderer wunderte sich und lief weiter. Unterwegs begegnete er einem Weisen im Garten und fragte, wieso die Affen, im Gegensatz zu ihm, keinerlei Probleme mit diesem Baum zu haben schienen. Da erwiderte der Weise, dass die Affen cleverer als die Menschen seien und sie hätten sich ,nichts zu wünschen' gewünscht! Und seither würden sie die Früchte des Paradiesgärtchens genießen.

>>Die Affen können vieles, was wir Menschen nicht können, aber den Menschen empfehle ich nicht, sich nichts zu wünschen<< , sagte der Weise und ging schmunzelnd weiter. Der Wanderer jedoch stand noch einer Weile dort und dachte über das, was der Weise ihm gesagt hatte, nach.

Seit meiner Kindheit habe ich in den letzten Jahrzehnten oft an ,Kalpaka Vruksha' gedacht. Gautama Buddha soll gesagt haben, dass wir das werden, was wir intensiv denken und uns vorstellen. Ist es eine Art Selbstprogrammierung? Das würde im Klartext bedeuten, dass wir selbst ein ,Wünsch dir was Wesen' sind. Oder etwa nicht?

Auch im christlichen Abendland hat man solche Bäume, die man allerdings zu Weihnachten nach Hause holt und manchmal kommt der Weise mit einem Sack nach Hause und bringt fast alles, was die Menschen sich wünschten, nicht wahr?

Eine gefühlte vollkommen gefüllte Leere…

Es ist die Zeit, die ich jedes Jahr sehnsüchtig erwarte, die Zeit zwischen Weihnachten und Neujahr.

Die Hektik und Aufregung der Weihnachtszeit ist vorbei. Das ist die Zeit zum Tagträumen, Faulenzen, Teetrinken und zum Science Fiction lesen.

Heute ist Sonntag und sehr früh am Morgen. Irgendein verrückter Traum hat mich zu früh geweckt. Ich versuche hartnäckig, mir den Traum ins Gedächtnis zurückzurufen, aber es gelingt mir nicht.

Schwammig kann ich mich nur noch an einen schwach beleuchteten Raum mit Kolonialmöbeln erinnern. Aus irgendeinem Grund muss ich an Sandelholz denken.

Ich sitze gemütlich im warmen Wohnzimmer, schaue aus dem Fenster und genieße die Ruhe. Es hat geschneit, ein verspätetes Weihnachtsgeschenk der Natur.

Ich danke Vayu, dem Gott des Windes und des Donners. Auch Frau Holle aus dem Märchen vergesse ich nicht zu danken für die schöne wei-ße Pracht, die auf der Terrasse liegt und die Bäume schmückt. Irgendwo bellt leise klagend ein Hund. Vielleicht ist er einsam oder ihm ist kalt oder er wartet hoffend auf seinen Herrn.

Eigentlich ist es längst Zeit fürs Frühstück, aber ich verspüre keinen Hunger. Wie immer an Weihnachten habe ich mich überfuttert.

Das war ein wunderbares Weihnachtsfest bei meiner Tochter und ihrer Familie. Ich denke schmunzelnd an den Weihnachtsbaum-Einkauf mit den Enkelsöhnen, an die musikalische Dar-bietung meiner drei Töchter und an den Versuch meines Enkels, mit seiner Flöte alles zu übertö-nen. Das Chaos in der Küche hätte ich fotografie-ren sollen und auch den bunt gedeckten Tisch.

Ich denke an den Gänsebraten, der nicht in den Backofen passte, die Improvisationskunst meines Schwiegersohnes und die Überrschungs-geschenke der Familie…

Ich überlege, wie wir das nächste Fest gestal-ten könnten und versinke in nachweihnachtli-chen Träumen.

Das Brummen meines Handys holt mich schlagartig zurück in die Gegenwart.

Wer ruft mich am Sonntagmorgen in aller Herrgottsfrühe an, frage ich mich. Das Handy brummt weiter, das Display zeigt 'Unbekannter Anrufer'.

Soll ich oder soll ich nicht?, überlege ich kurz. Meine Neugierde siegt und ich nehme das Gespräch an.

Kaum habe ich „Hallo" gesagt, schreit jemand am anderen Ende in die Leitung:

>> *Namaskarams Suresh Uncle, how are you? When are you coming? I am flying to Bengaluru but I will arrange for Taxi to pick you up at Airport. I will try to send Arunachalam, he is a good driver.* <<

>> *Grüß Gott, Suresh Onkel, wie geht es Euch?* Ich fliege nach Bengaluru, aber ich werde veranlassen, dass Ihr am Flughafen abgeholt werdet. Ich versuche Arunachalam zu schicken, er ist ein guter Fahrer.* <<

Es ist Mohandhas aus Indien, einer der vertrauenswürdigen Verwandten väterlicherseits. Wie immer, spricht er laut, schnell und undeutlich.

*In Indien ist es üblich, dass man die älteren Verwandten in der Ihr-Form anredet.

Er will wissen, wann ich ankomme. Er gibt mir keine Sekunde Zeit zum Nachdenken und will sofort eine Antwort.

Kaum habe ich ihm die Flugdaten meiner geplanten Reise durchgegeben, legt er auf.

Keine Abschiedsworte oder guten Wünsche für die Reise, nein, kurz, bündig und aus. Ich mag ihn, auch seine tüchtige treuherzige Gattin, die mir immer leckere kulinarische Kostbarkeiten vorsetzt, weil ich ja in Deutschland, wie sie meint, nichts Gescheites zu essen bekomme!

Das Handy liegt noch eine kleine Weile in meiner Hand, als ob ich bei meinen Verwandten in Indien noch etwas verweilen wollte. Ich lege das Handy beiseite, nehme instinktiv Yoga-Haltung an und versuche zu meditieren.…

Es gelingt mir nicht, ich denke über dieses und jenes nach und meine Gedanken galoppieren hin und her zwischen Indien und Deutschland…

Ich gebe es auf….

In letzter Zeit ist mein Leben hektischer geworden. Schuld bin ich selbst, vermute ich. Es sind nicht nur die Seminare und Vorträge, an denen ich teilnehme, sondern auch die Reisen und Aktivitäten in meiner Gegend.

Dabei kommt die Familie zu kurz und ich selbst auch. Frustriert überlege ich, was ich ändern kann und sinniere vor mich hin.

Ich lasse meine Gedanken zügellos hin und her wandern, zünde eine Kerze an und setze sie vorsichtig ins Teestövchen.

 Ich lege getrocknete Tulsiblätter in eine Keramikkanne, fülle sie mit heißem Wasser auf und stelle die große Kanne aufs Stövchen.

Das Tulsi-Aroma, das dem Basilikum sehr ähnlich ist, entfaltet sich langsam.

Ich breche einige Kardamomkapseln auf und lasse sie ins heiße Wasser sinken.

Nach südindischer Denkweise beruhigt Tulsi die Seele, Kardamom regt den Geist an und Wasser lässt die Gedanken fließen.

Das Teelicht wirkt beruhigend. Ich betrachte und bewundere dieses Element der Natur. Das Feuer wirkt nicht bedrohlich, denn es ist eine leuchtende, sanfte, Flamme. Die hin und her tänzelnde gelbe Flamme trägt meine Gedanken in das Indien der sechziger Jahre zurück…

Eine ähnliche Flamme leuchtete in einer kleinen dunklen Ecke im Andachtsraum meiner Tante Sedhuchithi in Indien.

Ich sehe, wie sie in Gebetshaltung auf einem gelben Yoga-Schemel sitzt und etwas vor sich hin murmelt.

Mehrere Gebetsutensilien aus Bronze, Silber und Kupfer liegen auf einem kleinen Tisch an der Wand.

Der Duft der Räucherstäbchen aus Sandelholz und die Rauchwölkchen wirken magisch auf mich.

Es ist Dienstag, der Fastentag, sie rezitiert, wie so oft, das Gayatri Mantra. Ihre sanfte melodiöse Stimme singt immer wieder das Mantra…

Am Anfang ist die Rezitation sanft, leise und gleichmäßig. Zunehmend gewinnt ihre Stimme an Klangfestigkeit und Sicherheit.

Sie hat zur Gesichtspflege Kurkumapaste aufgetragen. Das Licht aus der Öllampe lässt ihr Gesicht magisch erstrahlen.

Sehnsucht packt mein Gemüt und ich bin schlagartig wieder in der Gegenwart. Ich will, ich muss das Mantra hören. Leise erfüllt es den Raum mit Klang.

Bilde ich es mir nur ein oder rieche ich wirklich die Sandelholz-Düfte von einem Räucherstäbchen?

Ich schlürfe genüsslich den wohlriechenden Tulsitee mit Kardamom, dessen Aroma mich an die Malabarküste in Südindien erinnert.

Meine Aufmerksamkeit wendet sich wieder der Flamme zu.

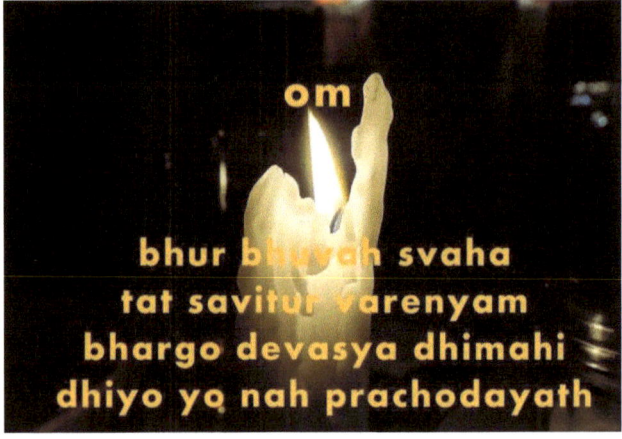

Ich sehe, wie die Flamme im Rhythmus der Mantren hin und her flackert. …

Ich spüre innere Ruhe in mir.

Meine Augenlider schließen sich langsam, aber es wird dabei nicht dunkel.

Ich bin da und gleichzeitig bin ich auch auf Reisen irgendwo in fremden Welten, im fernen Weltall, in einer anderen Zeit, in einem anderen Leben.

Mir ist nicht kalt oder warm, es ist einfach behaglich ruhig und angenehm.

Das Teelicht ist inzwischen ausgegangen.

Ich fühle mich völlig leer, losgelöst und entspannt zugleich.

In dieser Leere fühle ich mich voller Glück und Zufriedenheit.

ॐ भूर्भुवः स्वः ।
तत् सवितुर्वरेण्यं ।
भर्गो देवस्य धीमहि ।
धियो यो नः प्रचोदयात् ॥

OM

BHUR BHUVAH SWAHA

TAT SAVITUR VARENYAM

BHARGO DEVASYA DHIMAHI

DHIYO YO NAH PRACHODAYAT

Der Ursprung und die Wesensgrundlage des vollständigen Daseins ist das Licht der Sonne aus dem Universum.

Mögen alle Wesen zu höherer Einsicht und Weisheit geführt werden und das erleuchtete Bewusstsein erfahren.

Die Sonnenstirn

Der Marina Beach in Chennai, Südindien, ist um vier Uhr nachmittags fast leer. Tagsüber sieht man erst, wie schmutzig dieser Strand ist, abends strömen die Menschen hierher, um sich zu erholen. Allerdings muss man das 'sich erholen' in einem anderen Kontext sehen, es ist vielmehr ein 'sich ablenken lassen' vom alltäglichen Stress einer Großstadt. Ein paar Verkäufer richten ihre fahrbaren Läden auf oder reparieren sie. Einige streunende Hunde laufen herum und suchen Futter.

Ein kleiner Junge kommt auf mich zu und will 'Chundal', das sind gekochte Kichererbsen, verkaufen. Ich frage ihn, ob er werktags zur Schule geht. Er nickt und möchte, dass ich seine Chundal kaufe. Wer weiß, in welchem Wasser die Dinger gekocht sind, aber ich kaufe eine Tüte, um sie später an einen Bettler zu verschenken. Der Chundal-Junge sitzt neben mir, als ob er kontrollieren würde, ob ich wirklich die Erbsen esse.

Ich stehe auf und laufe Richtung Stadtmitte, ein eilig herbeigefahrener Autoriksha-Fahrer fragt mich, ob ich zum Ganesha-Tempel gefahren werden möchte. Warum nicht, sage ich mir selbst und steige ein.

Als Kind ging ich oft zum Tempel, wenn ich unruhig war, aber nicht zum Beten, sondern um am Banianbaum im Tempel zu sitzen und die Geschehnisse um mich herum zu beobachten. Dadurch wurde ich meist abgelenkt oder fand Lösungsansätze zu meinen Problemen.

Dort angekommen, zahle ich die Fahrt und betrete den Tempel mit dem rechten Fuß, so wie es sich gehört. Wie ich sehe, auch der Autoriksha-Fahrer betritt den Tempel. Er berührt die erste Stufe mit seiner rechten Hand und damit bestreicht er seine Stirn als Huldigung.

Ach, er wollte sowieso zum Tempel und ließ mich dennoch die Fahrt bezahlen. Schmunzelnd suche ich den Banianbaum des Tempels, dieser hat jedoch keinen. Der Priester läutet seine Glocken und kündigt die Puja an. Das ist ein Gebetsritual. Ich schreite näher zum Altar. Der Priester schaut mich streng an und zeigt, dass ich auf die andere Seite für Männer soll.

In diesem Augenblick sehe ich seinen bis zur Mitte rasierten Kopf und ich erinnere mich an das Gespräch mit meinem Onkel vor Jahrzehnten. Mein Onkel war unentwegt als Pilger unterwegs, er wollte alle 108 Vishnutempel in Indien besucht haben. Wenn es um Tempel ging, konnte und durfte ich ihn alles fragen.

Die Priester, erklärte er mir eines Tages, müssen jeden Tag um 04:30 Uhr aufstehen, sich reinigen, im Tempel-Teich baden und mit 'Suryanamaskara', dem Sonnengebet, den Sonnengott, also die Sonne, begrüßen. Dabei muss der Priester seine Stirn gen Sonne lenken und möglichst lange die ersten Strahlen direkt von der Sonne empfangen. Aus diesem Grund haben sie die Kopfhälfte rasiert.

Ich entsinne mich, wie ich es selbst erlebte. Nach dem Ritualbad im Tempelteich stand ich da mit geschlossenen Augen, wartend auf die aufgehende Sonne und rezitierte die Suryamantra. Irgendwann spürte ich die ersten Strahlen der Sonne und die Wärme. In diesem Augenblick hatte ich das Gefühl, dass eine unbeschreibliche Energie sanft, streichelnd und mit warmem Klang in meinen Kopf fließt und mein Geist erwacht. Leider verschwand dieses Gefühl bereits nach einigen Sekunden. Ich wagte nicht, meine Augen zu öffnen und versuchte, dieses wunderbare Gefühl festzuhalten. Es war schön, musikalisch, berührend, glücklich machend und es rührte mein Gemüt.

Liebe Leser, versucht es doch selbst einmal am frühen Morgen, Ihr braucht kein Mantra dazu. Ich wünsche, dass Ihr das gleiche Gefühl auch erlebt.

Gandhi Veedhi – காந்தி வீதி

Unser Besuch bei Onkel Ranganathan in Nagercoil fand vor vier Jahrzehnten statt. Aber wenn ich zurückblicke, sehe ich es, als ob alles erst vorige Woche passiert wäre.

Damals, schon alleine bei dem Wort 'damals', erwachen in mir Gedanken an nostalgische Geschehnisse, die ich an der Südspitze Indiens erlebte.

Im Jahre 1979 war ich mit meiner deutschen Ehefrau und unserem eineinhalb jährigen Kind dort im Urlaub. Er sollte auch dazu dienen, meinen Leuten meinen Eintritt in das zweite Stadium des Lebens 'Grihastam' zu beweisen und vorzuführen.

Das erste Stadium 'Brahmacharyam' hatte ich ja bereits in Indien vor meiner Abreise ins Ausland abgeschlossen, indem ich die Schul- und Lehrjahre erfolgreich absolvierte.

Nun war ich in das zweite Stadium eingetreten, indem ich einen Beruf ausübte, Wohlstand anstrebte und eine Familie gründete.

Wenn ich das dritte Stadium 'Vanaprastham' erreichte, würden meine Kinder selbständig sein und ich meine beruflichen Tätigkeiten abgeschlossen haben.

Im letzten Stadium 'Sanyasam' sollte ich auf alle Bedürfnisse verzichten, Besitzverhältnisse geklärt und mich auf das Verlassen der Welt vorbereitet haben.

Nun waren wir beim Onkel Ranga in Nagercoil im Distrikt Kanyakumari an der Südspitze Indiens. Dort wurde ich geboren und dort wohnten die meisten meiner Verwandten, die Oberhäupter des Siddha-Stammes und die traditionellen Klans. Nein, ich wollte die Obersten nicht besuchen. Viele von ihnen waren Freiheitskämpfer während der Kolonialzeit und ich wollte meine deutsche Ehefrau nicht in Verlegenheit bringen.

Onkel betrieb eine Art Gemischtwaren-Apotheke namens 'Ranga Medicals'. Dort konnte man die traditionelle Siddha-Medizin und die allopathische English-Medizin kaufen. Er redete viel, war aber sehr tolerant und umgänglich, auch mit Fremden.

Ein anderer Onkel, wir nannten ihn London Onkel, da er nach England auswanderte, brachte seine Familie niemals nach Hause mit. Jedes Mal hatte er seine Polaroid-Camera dabei und machte viele, viele Bilder von erstaunten Verwandten und Nachbarn. Aber Bilder seiner Familie in London hatten wir nie zu Gesicht bekommen. Als ich ihn einmal aus Deutschland anrief, war er sehr überrascht, aber zu einem Treffen kam es nie. Als er an Krebs erkrankte, kam er zum letzten Mal nach Hause zum Sterben. Wir wissen nichts über seine Vergangenheit in London.

Umso erfreuter waren meine Verwandten, als ich meine deutsche Ehefrau und mein Kind mitbrachte. Da meine indische Familie kein gutes Verhältnis zu den 'WeLLakaArens' (die Weißen), den englischen Machthabern, pflegte und Gandhians waren, wurde meine 'WeLLakAAri' (White Lady) mit Argwohn betrachtet und dementsprechend behandelt. Da ich selbst nicht wusste, wie meine Leute auf meine Ehefrau reagieren würden bzw. wie sie von ihnen behandelt werden würde, konnte ich ihr im Voraus nichts sagen.

Aber die junge Deutsche benahm sich vollkommen vorurteilsfrei und ging ohne Skepsis oder Hemmungen mit meinen Ver-wandten um. Nur mit der Sprache gab es manchmal Missverständnisse und Verständig-ungsschwierigkeiten. Manchmal dachte ich, dass für sie die Hautfarbe gar keine Rolle spielte, ja sogar, dass sie es selbst nicht wahrnahm. Auf jeden Fall konnte man nichts Kolonialistisches an ihr feststellen. Sie konnte witzig sein und gut mit anpacken in der Küche. Alle haben irgendwie miteinander Spaß gehabt.

Meine Frau war als Hauswirtschafterin in Deutschland tätig und konnte nicht nur kochen, sondern wusste auch einige Tipps, die meinen indischen Verwandten zugutekamen. Sie bewunderten und befreundeten sich mit ihr und sie wurde innerhalb kurzer Zeit in der Familie integriert, so dass ich manchmal meine Frau von der Küche oder von meinen Verwandten unter irgendeinem Vorwand herausholen musste, damit ich auch etwas von ihr und meinem Kind haben konnte.

Der Besuch bei Onkel Ranga sollte mit Frühstück beginnen, aber wie so oft, war die Infrastruktur schuld daran, dass wir erst zum Mittag eintrafen und aus dem Frühstück wurde ein Brunch. Es gab Idli, Samba Reis (ungeschälter roter Reis), Sambar (Gemüsecurry) und Avial (eine Delikatesse von Kokosnuss, Gemüse, Kurkuma, Joghurt, Tamarinde, Ingwer usw.).

Dieses Gericht gibt es nur an der Südspitze Indiens. Der Legende nach hatte Beema, der korpulente Kämpfer, bei einem Festmahl fast alles aufgegessen und es blieb nichts mehr übrig für den König und seine Gefolgschaft, die zum Abendessen erwartet wurden.

Beema kochte ein Gericht mit den Zutaten, die ihm zur Verfügung standen. Dieses Gericht gefiel allen Leuten und seither wird zu Festzeiten 'Avial' zubereitet.

Nach dem geglückten und erfolgreichen Festmahl wurde meine deutsche Ehefrau von den Damen des Hauses und den Freundinnen der Gastgeber beschlagnahmt, um neue Rezepte für das Dessert kennenzulernen. Ich durfte meine Tochter inzwischen beschäftigen.

Im Erdgeschoss des Hauses war noch etwas vom Trubel des Mittagessens zu spüren und die Gerüche hingen noch in der Luft. Inzwischen waren Putzfrauen dabei, alles zu reinigen und Vorbereitungen zu treffen für die Nachmittagsruhe und dem damit verbundenen Nickerchen. Meine kleine Prinzessin versuchte, sich zurechtzufinden und schien ihre Orientierung in der neuen Gesellschaft zu verlieren. Ich trug sie hoch auf die Terrasse des Flachdaches im ersten Stock.

Onkel Ranga war dabei, seinen Ayurvedischen Kräutergarten zu pflegen. Es war kein Erdreich auf dem Flachdach. Das hat ihn jedoch nicht daran gehindert, seine Kräuter in Blumentöpfe und diverse Tongefäße zu pflanzen. Zwischendurch fand ich Chilischoten, jedoch keine reifen Zitronen oder Limonen.

Die Tochter wollte nicht mehr getragen werden und fand Gefallen an den Töpfen. Sie hatte diesen Garten als ihren Spielplatz auserkoren, dort entdeckte sie auch der gutmütige Onkel, kam auf sie zu und sprach zunächst in Tamil und dann in Englisch mit ihr. Es muss an der fremden Stimme oder auch an seinem Akzent gelegen haben, der meine Tochter wohl erschreckte, denn sie lief schnell wieder zu mir und wollte wieder getragen werden.

Mein Onkel war kein Arzt der Schulmedizin, sondern lediglich ein guter Apotheker und Siddha-Fachmann, aber das genügte den Menschen, die bei jeglichen Wehwehchen seinen Rat holten und ihn wie einen Arzt behandelten.

Was er gut konnte, war die Pulsdiagnose. Das ist eine uralte bewährte Untersuchungsmethode, um den Gesundheitszustand eines Menschen zu diagnostizieren. Dabei benutzte er seine Zeige-, Mittel- und Ringfinger und tastete den Puls.

Nach den üblichen Fragen über das Leben in Deutschland, was man so täglich isst, wie man mich als Fremden behandelt etc., machte er eine kleine Pause und schaute mich intensiv an.

>>Deine Vatha-Pitha-Konstitution stimmt nicht. Du arbeitest zu viel und belastest deinen Körper ungleichmäßig.<<

So sind die Menschen in Indien, sie sagen es einem einfach so ins Gesicht. Er würde es als seine Pflicht sehen und erwarten, dass ich mich bedanke und seine Ratschläge befolge.

Nun führte er mich durch seinen Garten und erklärte mir jede einzelne Pflanze und ihre Eigenschaften bis ins Detail. Für mich sahen die Pflanzen alle gleich aus. Als er meine unkonzentrierte Haltung bemerkte, sagte er ein wenig vorwurfsvoll: >>Ich kannte deinen Thatha (Großvater) persönlich, er war ein Meister, aus diesen Gründen solltest du auch lernen und deinen Kindern etwas beibringen, das ist deine Pflicht.<<

Ich wusste, als Nächstes kommt die Geschichte über den Leoparden, der sich in die Stadt verirrte und genau im Pujaraum in seinem Haus Zuflucht suchte. Er wird mir die Zeitungsausschnitte mit Bildern zeigen. Oder über das Desinteresse der heutigen Menschen für die Siddha-Medizin einen Vortrag halten.

Also lenkte ich seine Aufmerksamkeit auf etwas anderes, etwas Simples und fragte, warum die Straße, die wir von oben herab sahen, Gandhi Veedhi heißt.

Er schaute mich fragend an und sagte: >>Ah, das weißt du gar nicht << und begann zu erzählen. Und das, was ich von ihm zu hören bekam, war ein kleines Stück indische Geschichte aus der Kolonialzeit.

>>Während der Kolonialzeit durch die Briten waren viele unserer Familienmitglieder Freiheitskämpfer. Sie duldeten die fremden Eindringlinge aus England nicht, folgten Mahatma Gandhi und kämpften gewaltlos.

Die britischen Einwanderer forderten von uns Indern für unser Salz, dass wir aus unseren Meeren, auf unserem Grund und Boden herstellten, eine Salzsteuer. Gegen diese Unverschämtheit veranlasste Gandhi eine Kampagne des zivilen Ungehorsams und rief zum Salzmarsch im Jahre 1930 auf.

Auf dem Weg zum Meer machte er hier in Nagercoil halt und war für ein paar Stunden Gast in unserem Hause. Damals war ich ein kleines Kind. Es wird erzählt, dass Gandhi mich auf seinen Schoß nahm und mit mir spielte. Anschließend spazierte er mit seinen zahlreichen Anhängern weiter zum Strand und sammelte Salzkristalle. Gandhi wurde prompt verhaftet und mit ihm Tausende seiner Anhänger.<<

Mit dieser bereits damals spektakulärsten Kampagne initiierte Gandhi seinen Kampf um die Unabhängigkeit. Den Rest der Geschichte kennst du ja.<<

Onkel wirkte nachdenklich, als ob er versuchte, sich zu erinnern, wie er auf Gandhis Schoß saß.

>>So also bekam die Straße ihren Namen<<, sagte ich. Er nickte.

Meine Kleine quengelte und ich beschloss, hinunterzugehen und meine Frau zu suchen. Erst auf der großen Veranda wurde mir die Bedeutung der Kampagne bewusst, die Geschichte schrieb. Und ich stand da, wo einst Mahatma saß.

Meine Kleine sah ihre Mutter kommen, wendete sich sofort von mir ab und rannte zu ihr. Vielleicht erzählte sie ihr mit ihren eigenen kindlichen, erfundenen Wörtern von der langweiligen Erzählung, der sie beiwohnen musste.

A 02. Oktober ist Gandhis Geburtstag. Diese Geschichte widme ich ihm, dem Mahatma, der die 'Ahimsa' (Gewaltlosigkeit) nicht nur predigte, sondern praktizierte.

Fremdwortglossar

தமிழ் **Tamil** ist nicht nur eine der ältesten lebendigen Sprachen der Welt, sondern auch die komplizierteste. Während wir in Deutsch mit vier Kasus zu kämpfen haben, muss man in Tamil acht Fälle bewältigen. Tamil gehört zu der Gruppe der Drawidischen Sprachen.

https://de.wikipedia.org/wiki/Tamil

മലയാളം **Malayalam** ist eine erweiterte fortgeschrittene Sprache. Die Basis ist die Sprache Tamil und sie hat sich mit Sanskrit weiterentwickelt. Sanskrit ist eine uralte, aber nicht mehr praktizierte Sprache. Sie hat mehr Laute und Wörter in einer logischen Struktur, so dass man sie sogar als Computersprache zum Programmieren im Bereich ‚Künstliche Intelligenz' einsetzen könnte. Das Wort Malayalam ist ein **Palindrom** (ein Wort, das sich vorwärts wie rückwärts gleich liest).

https://de.wikipedia.org/wiki/Malayalam
https://en.wikipedia.org/wiki/Kamadhenu

Kamadhenu: (Sanskrit: कमधेनु kāmadhenu *f.*) die himmlische Kuh, die Wünsche erfüllt.
http://wiki.yoga-vidya.de/Kamadhenu

Der Autor über sich selbst:

Ich heiße Suresh Subramaniya SURESH, bin gebürtiger Inder und deutscher Staatsbürger. Als patriotischer Weltbürger pendele ich zwischen beiden Heimaten und fühle mich dabei sehr wohl.

Mein Ziel ist aber, mit unterhaltsamen Erzählungen zur interkulturellen Völkerverständigung beizutragen, auch um Missverständnisse möglichst auszuräumen.

Ein Mensch wird nach seiner Weltanschauung, politischen und religiösen Einstellung beurteilt und eingeschätzt. Auch wenn ich stark von der indischen Weltanschauung beeinflusst bin, bin ich parteilos und gehöre keiner Religion an. Das heißt nicht, dass ich ein Atheist bin.

Denn alle Religionen haben das gleiche Ziel. Sie versuchen, dem Leben einen Sinn zu geben. Ich selbst habe das Göttliche im Universum gefunden. Das Universum, das man sich nicht vorstellen kann, ist für mich das Göttliche.

'Connecting Cultures' ist meine Berufung.

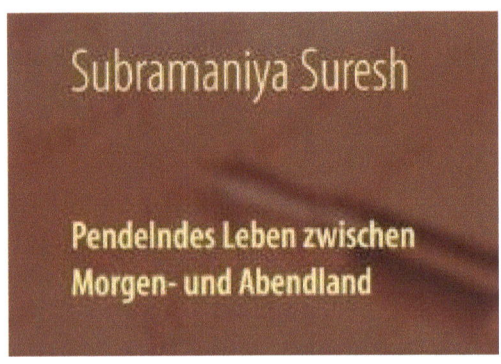

Subramaniya Suresh

Pendelndes Leben zwischen
Morgen- und Abendland

Weiteres Buch vom Autor
ISBN-13: 978-3-7431-6159-7

Die wahren Geschichten in diesem Buch handeln von meinem Leben als gebürtiger Inder, der nach Deutschland kam, um zunächst nur ein Praktikum zu absolvieren, aber dann verlief der Lebensweg anders als geplant.

Ich erzähle von den Anfangsschwierigkeiten in einem fremden Land, aber auch, dass es möglich ist, Freunde zu finden, eine Familie zu gründen und sich wohlzufühlen.

Als Pendler zwischen zwei Welten ist es nicht immer einfach zu leben. Mit meinen Erfahrungen möchte ich dazu beitragen, zwei verschiedene Kulturen einander näher zu bringen. Mit Toleranz und Verständnis für den Anderen wird ein friedliches und harmonisches Miteinander überall auf der Welt gelingen.

Hinter Tezere verbirgt sich das Wort Teezeremonie. In Südindien spricht man von *tie chappadhu*, wörtlich übersetzt „Tee-Essen". Wenn es in Südindien einen Konflikt in der Familie gibt, lädt man alle Beteiligten und natürlich die ganze Familie zum Tee-Essen ein. Der Tee wird vor allen gekocht, die dabei sind.

Es geht nicht um essen und trinken, sondern um die Zeremonie. Während dieser Tee-Zeremonie, egal wo sie auch stattfindet, werden Geschichten erzählt oder vorgelesen. Geschichten von der alten und der neuen Heimat, von den Schwierigkeiten in der Fremde und mit dem Fremden. Von den Begegnungen mit Fremden, hier oder anderswo. Und von Fremden, die zu Freunden geworden sind. Wir teilen mit unseren Geschichten unsere Erfahrungen und Erlebnisse, schöne und schreckliche.

Diese Geschichten sollen nicht verloren gehen. Dieser Wunsch führte zu unserem interkulturellen Literaturblog „tezere", auf dem schon einige unserer Geschichten zu lesen sind. Weil es viele Menschen gibt, die ihre Geschichten erzählen wollen und wir diese Geschichten vor dem Vergessen bewahren möchten, schreiben wir auch die Geschichten anderer auf. Und auf tezere können sie alle lesen und - wenn sie wollen - auch kommentieren. *www.tezere.de*

Wie fühlt man sich, wenn man nach dem Tod von Mutter und Vater ein unbekanntes, gut verschnürtes und prall mit Erinnerungen und Lebensspuren gefülltes Paket der Eltern in Händen hält, von dessen Existenz man nichts wusste? Ich kann es von mir sagen: Ich war aufgewühlt, verwirrt, sprachlos, überrascht und verzaubert zugleich.

„Mein Wunscherbe"

erzählt davon. Von Lieselotte Hachmann, der Gründerin der Deutsch- Indischen Gesellschaft in Hamburg e.V., ihrer langen Reise nach und durch Indien, von ihrem Ehemann, ihrem langjährigen Freund, dem Botaniker, Wissenschaftler und Leiter des herrlichen Botanischen Gartens in Kolkata, Dr. Debabrata Chatterjee.

Lassen auch Sie sich verzaubern durch diese Biografie in zwei Teilen, die im ACABUS Verlag, Hamburg erschienen ist.

Ihre Dietlinde Hachmann